孩子愛讀的**漫畫四大名著**

西遊記

吳承恩　原著

園丁文化

看漫畫　讀名著　品經典

最妙趣橫生的紙上閱讀

　　中國四大古典文學名著《三國演義》、《水滸傳》、《西遊記》和《紅樓夢》是中華民族智慧的結晶，具有極其珍貴的文學藝術價值，為我們提供了寶貴的文獻資料，滋養了一代又一代人的精神世界。

　　法國思想家笛卡兒說：「閱讀優秀名著就像和高尚的人進行交談，他們在談話中向我們展示出非凡的智慧和思想。」讓小朋友從小閱讀名著，領略傳統文化的精髓，是增長見識、提高修養的有效方式。

　　然而，四大文學名著成書於明清時期，由於語言古雅，篇幅較長，使很多小朋友望而卻步，錯過了接觸文學精品的機會。而漫畫是一種深受小朋友喜愛的閱讀形式，以生動、形象、幽默著稱。一幅幅色彩斑爛

的圖畫，將跌宕起伏的精彩故事表現得淋漓盡致，其人物鮮明有趣的造型、生動的表情及鮮活的性格躍然紙上，讓孩子在趣味盎然的閱讀中感受名著的魅力。

本套叢書精選了原著裏最精彩、最生動的故事，請來一批優秀的插畫家繪製精美的漫畫，為小朋友展開一次奇妙的紙上閱讀之旅，讓古典名著變得可親、可讀、可感、可賞：親歷龍吟虎嘯的三國傳奇，且看諸葛亮如何草船借箭；加入激昂悲壯的梁山聚義，目睹英雄武松景陽岡打虎；開始一段新奇玄幻的取經之行，跟齊天大聖一起三打白骨精；做一場榮衰無常的紅樓情夢，感歎賈寶玉和林黛玉的淒美愛情。

與經典同行，和漫畫共舞，讓經典的魅力歷久彌新。希望本套叢書能帶給小朋友美好的閱讀體驗，願大家在妙趣橫生的閱讀中與古典文化碰撞出智慧的火花。

主要人物

四師徒

唐僧

孫悟空

如來佛祖

觀音菩薩

豬八戒

沙僧

玉皇大帝

彌勒佛

托塔天王

二郎神

太白金星

哪吒

紅孩兒

鐵扇公主

牛魔王

白骨精

目錄

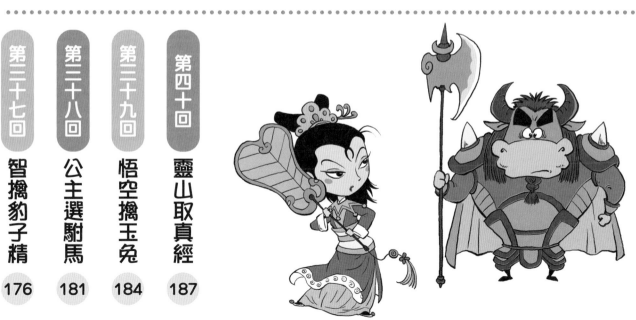

名著導讀

　　富有反叛精神且疾惡如仇的孫悟空，好吃懶做但模樣可愛的豬八戒，任勞任怨、忠心耿耿的沙僧，慈悲寬厚卻軟弱迂腐的師父唐僧，這四個性格迥異、身世完全不同的人物，在觀音菩薩的指引下，懷着不同的目的，踏上了一條相同的道路──西天取經。

　　長路漫漫，妖怪橫行；魔障重重，險象環生。誰會是敵人？誰會是朋友？誰會陰險地百般阻撓？誰會善意地伸出援手？真真假假，難以識別。面臨考驗，是順利過關，還是劫數難逃？師徒四人一路跌跌碰碰，最終能否順利到達西天，取得真經，修成正果⋯⋯這一切答案，都將在《西遊記》中揭曉。

第一回
美猴王出世

很久很久以前，有個地方叫東勝神洲……

1 東勝神洲有片大海，海邊的傲來國有一座花果山，山上有一塊巨大的靈石。

2 靈石裏有個小仙胎，它不斷吸收天地日月的精華，茁壯成長。

3 有一天，一聲巨響，石頭突然爆裂，從中蹦出一隻小石猴。

4 小石猴活潑好動，整天在花果山上與其他猴子嬉戲打鬧。

5 一天，猴子們發現了一道瀑布。猴子長老指着瀑布提議：「誰敢鑽進去，我們就拜他做大王。」

6 大家都表示贊同，卻不敢嘗試。「我進去，我進去！」只見石猴一邊大喊，一邊跳了起來，一頭衝進瀑布裏。

7 石猴穿過瀑布，進入石洞，洞中有石碗、石凳等各種玩意。中間有一塊石碑，上面寫着：「花果山福地，水簾洞洞天。」

8 石猴興沖沖地跳出瀑布，對猴子說：「裏面有個很棒的山洞，你們也進去看看吧！」於是，大家一起跳了進去。

9 進入水簾洞後，猴子便開始搶碗奪盆，爭牀佔灶，你追我趕地把東西搬過來又移過去。

10 這時，石猴跳到高處說：「剛才說誰敢先進來就拜誰做大王，你們說話算數吧？」猴子聽了，一起拱手作揖，拜石猴為大王。

11 從此，石猴自稱美猴王，帶領其他猴子一起過了三五百年無憂無慮的生活。

12 一天，美猴王忽然難過地說：「唉！我們遲早要老死的，死後就沒有這種快樂日子了。」猴子聽了，都哭起來。

13 這時，一隻猿猴跳出來提議：「大王若不想老去，只有去學長生不老的法術。」美猴王聽了滿心歡喜，決心去尋仙拜佛。

14 第二天，美猴王帶上一些果品，告別眾猴，跳上木筏，乘着大風出海了。

第二回
三星洞學道

美猴王乘着木筏，來到了西牛賀洲地界。

1 美猴王上岸後，看到海邊有人在捕魚，覺得很好玩，便上前向他們做鬼臉，把那些人嚇得丟筐棄網，四處奔逃。

2 美猴王趁機捉住一個人，剝了那人的衣服，又學着那人的樣子把衣服穿上，然後大搖大擺地去找神仙。

3 一天，美猴王遇見一個樵夫。樵夫得知美猴王的來意後，便告訴他，山上三星洞的菩提祖師法術高明。

④ 美猴王按照樵夫的指引，很快就找到了三星洞。他上前敲門，有個童子出來開門。

⑤ 美猴王說明了來意。童子說：「師父說，今天會有人來修行。原來是你啊，快請進吧！」說完，就把他領了進去。

⑥ 美猴王見到菩提祖師，馬上磕頭跪拜。祖師問清楚美猴王的來歷後滿心喜歡，不僅收他做徒弟，還給他取名孫悟空。

⑦ 從此，悟空和師兄們一起學習，閒時養花種樹，砍柴挑水。就這樣，不知不覺過了六七年。

8 一天，祖師開壇講道，問悟空想學什麼。悟空對道法不感興趣，只想學長生不老術。

9 祖師很生氣，拿起戒尺往悟空頭上敲了三下，然後背着手回房去了。大家都埋怨悟空，悟空心裏卻樂滋滋的。

10 夜半三更的時候，悟空悄悄起牀跑到祖師的房前，發現門是半掩着的。

11 悟空推門進去，看見祖師面朝裏邊睡着。他不敢驚動，跪在牀前靜靜等候。

12 不一會兒，祖師醒來見到悟空，問：「你來做什麼？」悟空說：「師父打我三下，是讓我三更過來，教我長生不老術。」

13 祖師見悟空如此有靈性，非常高興，便讓他上前，輕聲傳給他長生不老術的口訣。悟空牢牢記住了。

變兔子！

師父想守株待兔嗎？

14 後來，祖師又教悟空七十二變。悟空非常聰明，教什麼就會什麼。

15 這天，祖師變出一朵筋斗雲，說：「今天教你這個，讓你翻個筋斗就可以飛十萬八千里。」

16 悟空學着祖師唸出咒語，然後跳上筋斗雲一飛沖天，在雲層裏四處遨遊，別提有多神氣了。

17 幾個月後，師兄們在玩耍時請悟空變法術。悟空唸完咒語變成了一棵松樹，大家都忍不住拍手喝彩。

18 祖師聞聲出來，發現是悟空在賣弄本領，心裏很不高興，勸他回花果山去。悟空知道錯了，馬上跪地磕頭請祖師原諒。

19 可是，祖師已經下定決心讓悟空離開。悟空無可奈何，只好收拾行裝，駕着筋斗雲回花果山去了。

第三回
石猴戰魔王

不出一個時辰，悟空就回到了花果山。

1 悟空回到花果山沒看見猴子猴孫，便大聲喊道：「孩兒們，我回來了！」這時，石崖邊、樹林裏才跳出千千萬萬隻猴子。

2 一隻老猴子傷心地說：「自從大王走後，這裏來了一個混世魔王，想霸佔水簾洞，還抓走了很多小猴子。」

3 悟空生氣極了，跳上筋斗雲，怒氣沖沖地去找那個混世魔王算賬。

4 悟空很快就找到了混世魔王的山洞，他在洞口叫陣：「我是花果山水簾洞洞主！誰是混世魔王，快出來！」

5 不一會兒，混世魔王帶着一羣小妖來到洞口。他提着大刀，見到悟空，忍不住哈哈大笑：「哈哈，原來是個小傢伙！」

6 悟空忍不住罵道：「你這不長眼睛的惡魔！」說完就上前教訓魔王。兩人打了起來。

7 打着打着，悟空突然退後幾步，從身上拔下一把毫毛往空中一吹，叫道：「變！」

8 那些毫毛馬上變成兩三百隻機靈的小猴子，撲上去推倒魔王，整得他大喊大叫……

9 悟空搶過魔王的大刀，再一刀把他砍死。

10 悟空把魔王老巢裏的妖精消滅乾淨後，一把火燒掉山洞。他施了個法術，將救出來的猴子猴孫帶回了花果山。

第四回
喜獲金剛棒

為了猴兒的安全，悟空決定教他們武功。

1 悟空做了許多木刀，天天教猴子猴孫練習武藝。

2 一天，悟空悶悶不樂地問猴子：「我還沒有一件稱心如意的武器，怎麼辦？」老猴說：「大王，東海龍王有好兵器呢！」

3 悟空便來到東海，用避水法分開水路，歡歡喜喜地去找東海龍王。

4 悟空到了水晶宮，拜見龍王說：「我最近在練武，缺少合心意的兵器，所以特地來向你借一件回去。」

5 老龍王不好意思推脫，便叫手下拿來一把長柄大刀。悟空不喜歡，擺擺手說：「我不會舞刀，換個別的吧！」

太輕了。

6 龍王又命手下換了件重達七千二百斤的方天畫戟。悟空拿起戟，量了一量，笑着說：「太輕了，不順手。」

7 龍王十分為難。這時，龍女和龍婆悄悄地對龍王說：「我們海藏那根誰都拿不動的神鐵，正好可以用來打發他。」

8 龍王覺得這個主意很好，便把悟空帶到了神鐵旁，只見一根二丈多高的鐵柱子，通體散發着萬道金光。悟空摸着神鐵説：「要是能再細點、再短點就好了。」

9 話剛說完，那鐵柱竟然變細變短了。悟空提起鐵棒，感覺十分稱手，又見上面寫着：如意金剛棒，重一萬三千五百斤。

10 悟空高興極了，在水晶宮裏揮舞起金剛棒，把大殿弄得一片混亂，嚇得老龍王膽戰心驚。

11 悟空又向老龍王要盔甲。老龍王沒有，只好讓南海龍王、北海龍王、西海龍王帶來金冠、金甲和步雲鞋。

12 悟空穿上盔甲，揮着金剛棒，威風凜凜地一路打出了水晶宮。

第五回
醉酒鬧冥府

悟空舞着金剛棒，回到了花果山。

1 悟空在眾猴面前耍起金剛棒，他叫道：「長！」金剛棒馬上變成萬丈多高。

2 附近山上的野獸妖怪都被震住了，嚇得全部趕過來，給悟空磕頭跪拜。悟空十分得意。

25

3 一天，悟空喝醉酒在橋邊睡着了。這時，有兩個小鬼手拿寫着「孫悟空」的地府批文，用繩子套起他的靈魂就走。

4 悟空被帶到「幽冥界」的城邊時醒了。聽到小鬼們說自己陽壽已盡，悟空氣得拿出金剛棒將他們打倒在地。

5 地府裏的牛頭馬面見到悟空發狠猛打的架勢，嚇得東奔西逃。

6 小鬼們慌慌張張地跑到森羅殿向閻王報告：「大事不好啦，外面來了一隻毛臉猴子，就要打進來了！」

7 閻王趕緊出來向悟空求情。悟空怒氣沖沖地說：「我是花果山水簾洞的孫悟空，你們為什麼要勾我到地府？」

8 閻王說：「可能是勾錯了。」悟空不相信，要查看生死簿。閻王只好讓判官取出生死簿。

9 悟空接過生死簿，用毛筆把猴類的名字全都畫掉，說：「從此一筆勾銷，以後再也不受你們管了！」

10 悟空扔掉筆，揮舞着金剛棒一路打出幽冥界。閻王和眾小鬼躲的躲，閃的閃，都不敢上前阻攔。

11 東海龍王和閻王都到靈霄寶殿向玉帝告孫悟空的狀。玉帝生氣地說：「哪位神將願下界降妖？」

12 太白金星向玉帝建議：「陛下不必這麼麻煩。只要把孫悟空召到天上來，給他做個官，肯定可以管住他。」玉帝准奏。

13 太白金星來到水簾洞，對悟空說：「我是太白金星，奉旨下凡來請大仙上天庭做官。」悟空樂得手舞足蹈。

14 悟空給眾猴兒作了些交代，便駕起筋斗雲，和太白金星往天庭飛去。

第六回
自封為大聖

太白金星帶着悟空飛到天庭，進入靈霄寶殿。

1 悟空見了玉帝，也不下跪，只是拜了一拜。玉帝傳旨，讓悟空做了管理御馬監的弼馬溫。

2 悟空歡天喜地來到御馬監上任。他十分勤快，把天馬養得膘肥體壯。

3 一天，悟空和監官喝酒，得知弼馬溫是個沒有品級的小官。他非常憤怒，推倒酒桌，舞起金剛棒，監官嚇得四處躲避。

4 悟空揮舞着金剛棒，一路打出南天門，回花果山去了。

5 回到花果山，悟空高聲叫道：「小猴們，老孫回來了。」猴子見了，都過來磕頭迎接。悟空又重新做起了美猴王。

6 一天，悟空正和猴兒喝酒，兩個獨角鬼王獻上一件黃袍，說：「大王神通廣大，不如做齊天大聖。」悟空高興得手舞足蹈。

7 猴子在洞口豎起一面旌旗，旗上寫着「齊天大聖」。大旗高高飄揚，十分好看。

8 玉帝聽說孫悟空私自離開天庭，便派托塔李天王與哪吒三太子帶領天兵天將下界捉拿悟空。

9 眾神來到花果山，由打頭陣的巨靈神高叫道：「你這潑猴，快點投降吧！不然就把你剁成粉末！」

10 悟空氣極了，大聲數落玉帝。巨靈神揮動大斧，朝悟空劈頭砍來。

11 悟空不慌不忙地用金剛棒一擋，再一棒劈下去，「咔嚓」一聲，巨靈神的斧柄便斷成了兩截。

12 哪吒三太子見巨靈神敗下陣來，就請求出戰，托塔李天王答應了。

13 哪吒變出三頭六臂，手舞六種兵器。悟空也變出三頭六臂，揮舞三根金剛棒。兩人激鬥起來，場面十分壯觀！

14 悟空看準機會，拔根毫毛變出一個假悟空，正面對付哪吒，真身則繞到哪吒身後，一棒打中哪吒左臂。

15 托塔李天王見哪吒也鬥不過悟空，只好退兵。哪吒啟奏玉帝：「那隻妖猴說要做齊天大聖，不然就打上靈霄寶殿。」

16 玉帝很憤怒，太白金星說：「陛下不必勞煩天兵，只需封他個有名無實的齊天大聖就行了。」玉帝覺得有理就答應了。

17 太白金星又一次來到花果山，對悟空說：「玉帝同意你做齊天大聖了。」

18 悟空又上天庭，玉帝果然封他為「齊天大聖」，還命人在蟠桃園旁建造了一座極具氣派的「齊天大聖府」。

第七回
大聖鬧天宮

悟空心滿意足，做起了齊天大聖。

1 悟空在大聖府整日無所事事，經常找各大小神仙喝酒玩樂。

2 不久，玉帝讓悟空去看管蟠桃園。悟空和土地神來到園子，土地神介紹說：「這裏前、中、後各有桃樹一千二百株。前樹三千年一熟，吃了成仙得道；中樹六千年一熟，吃了長生不老；後樹九千年一熟，吃了與天地同壽。」

3 悟空愛吃桃子，就支開蟠桃園裏的土地神，脫掉官服和官帽，爬上樹，專挑大個的仙桃，滋味地飽餐了一頓。

4 悟空每隔幾天就來偷吃一次仙桃。這天，他吃飽仙桃之後，把自己變成了兩寸大小的小人，在樹葉底下睡着了。

5 就在這時，七仙女奉王母娘娘之命到蟠桃園摘桃，為一年一度的蟠桃會做準備。

6 七仙女來到蟠桃園找不到管園的悟空，只看見樹上的桃子又小又青，覺得十分詫異。

35

7 挑了好久，仙女們才找到一個半紅半白的桃子。一個仙女伸手去摘，不料驚醒了葉子底下的悟空。

哪兒來的妖女？

8 悟空現出原形，大喝一聲。仙女們嚇得趕緊下跪，說明了來意。

9 悟空讓仙女都起來，問：「王母娘娘都請了哪些神仙？」仙女們報了一長串名號。悟空沒聽見自己的名字，很不高興。

10 悟空決定去瞧瞧蟠桃會是怎麼回事。於是，他用定身法把七仙女定在蟠桃樹下，自己則轉身往瑤池飛去。

11 半路上，悟空碰到了赤腳大仙。得知大仙去瑤池赴會，悟空就騙他說要先去通明殿演習禮儀。大仙果然上當了。

12 變成赤腳大仙的悟空很快就到了瑤池，其他神仙還沒到。悟空看見桌上整齊地擺放著美酒和珍果，饞得口水直流。

13 瑤池邊，幾個仙吏、道士和童子正在洗缸刷甕。悟空拔下幾根毫毛，變出瞌睡蟲，吹到眾仙臉上。

14 眾仙很快睡著了。這下可好了！現回原形的悟空拿起桌子上的佳餚和珍果，在長廊的酒罈旁邊，大吃大喝起來。

15 吃飽喝足後，悟空想回府休息。可是他醉得厲害，辨不清方向，不知不覺竟走到了太上老君的兜率宮。

16 兜率宮裏沒有人。悟空來到煉丹房，看到煉丹爐旁放了五個裝滿金丹的葫蘆。

17 悟空把金丹倒出來，像吃炒豆一樣吃起來。吃完金丹，他的酒也醒了。

18 悟空自知闖下了大禍，心想還是下界為王好。他在西天門用隱身法避開守門神將，溜回了花果山。

第八回
智鬥眾天將

悟空破壞蟠桃會、偷吃金丹的事很快敗露
了……

1 王母娘娘和眾大仙不約而同地來向玉帝告狀。玉帝聽到悟空又闖大禍,氣得不得了,馬上下令捉拿孫悟空。

2 托塔李天王和哪吒三太子在四大天王的協助下,率領十萬天兵天將,布下天羅地網,在花果山上空擺開了陣勢。

3 托塔李天王、哪吒三太子及四大天王一起上陣，猴子猴孫們招架不住，被打得四處躲閃。

4 悟空見了，趕緊用毫毛變出千百個大聖，揮舞着金剛棒在半空中和他們廝打，很快就打退了哪吒和眾天神。

5 天神連吃敗仗，玉帝沒辦法，只好向觀音菩薩求助。菩薩說：「陛下的外甥二郎神法力高強，可以讓他去對付潑猴。」

6 玉帝立刻派大力鬼王傳旨，讓二郎神去幫助天兵天將捉拿悟空。

7 二郎神領旨後，立刻牽上哮天犬，騰雲駕霧去給托塔李天王等助戰。

8 二郎神來到花果山，和悟空在水簾洞外廝殺。兩人各顯神通，一個用槍刺，一個用棒打，響亮地大戰了三百回合。

9 眼見勝負難分，二郎神搖身一變，變成身高萬丈，兩手舉着兵器，惡狠狠地朝悟空劈來。

10 悟空不甘示弱，變得和二郎神一樣高大，舞動金剛棒擋住了二郎神銳利的槍頭。

11 漸漸地，悟空覺得二郎神不好對付，不想再和他打下去。於是，悟空變成小麻雀，「噗」的一聲飛走了。

12 二郎神見狀，趕緊變成老鷹，朝麻雀飛撲過去。

13 二郎神窮追不捨，悟空不停地變化。最後，他變成了土地廟，牙齒變作大門，眼睛變作窗戶，尾巴變作旗杆。

14 二郎神一看就知道是悟空耍的戲法，笑着說：「那我先搗爛窗戶再踢門。」悟空聽了，馬上現回原形。

15 在天上觀戰的太上老君見二郎神這麼久都收拾不了悟空，便從手臂上取下一個金剛圈，砸向悟空。

16 金剛圈打中了悟空的腦袋，打得他暈頭轉向，站立不穩。

17 悟空跌了一跤，正想爬起來，卻被哮天犬衝上來咬了一口，又摔倒了。

18 二郎神和眾天神一擁而上，按住悟空，將他五花大綁，捉拿回天庭。

第九回
被壓五指山

天兵把悟空押到天庭，面見玉帝。

1 玉帝下旨將悟空碎屍萬段。可是天兵天將用刀砍斧劈，用火燒雷擊，都傷不了悟空一根毫毛。

2 太上老君把悟空帶回兜率宮，放進煉丹爐裏燒。悟空躲在風口處，最後竟被煉成了「火眼金睛」。

3 七七四十九天之後，太上老君認為悟空已死，便打開煉丹爐。誰知，悟空突然從裏面跳出來，踢倒煉丹爐，一路打了出來。

4 天將們把悟空團團圍住。悟空不停地揮舞金剛棒，舞得水不沾身，誰也拿他沒辦法。

快去請佛祖！

5 玉帝無奈，立刻傳旨讓人去西天請如來佛祖相助。

這如來怎麼像個呆子⋯⋯

6 佛祖帶着阿儺、迦葉來到靈霄寶殿外。佛祖和悟空打賭說：「如果你能翻出我的右手掌，我就叫玉帝把天庭讓給你。」

7 悟空見佛祖的手掌只有荷葉那麼大，要翻出去很容易，便抖擻精神，跳上佛祖的掌心。

8 他大叫一聲「我去了」，就飛了出去。悟空一個筋斗可飛越十萬八千里，沒多久，他就看到前面不遠處有五根大柱子。

9 悟空以為到了天邊，就過去在柱子上寫下「齊天大聖到此一遊」八個字，還在柱子下撒了泡尿。

10 悟空飛回佛祖面前，得意地說：「我都走到天邊了，還在那裏留了字，你去瞧瞧吧！」佛祖說：「不用去了，你自己看。」

11 悟空回頭一看，只見佛祖右手中指上，自己剛才寫的那幾個字赫然在目，指根還有一股尿臊味。

12 悟空大吃一驚，慌忙想逃。佛祖一翻手，將他壓在手掌下。

13 那五指變成五座連體大山，叫作「五指山」，悟空被壓在山下。佛祖又取出一張帖子，貼在五指山上，把山給封死了。

14 被壓住的悟空無法動彈，只能露出頭和手。附近的山神負責看管他，平時給他餵銅汁和鐵丸子。悟空苦不堪言。

第十回
脫難拜師父

悟空被壓五指山下，一晃五百年過去了。

1 一天，如來佛祖命觀音菩薩去長安找一個取經人。觀音菩薩和惠岸行者在相國寺見到玄奘法師，認為他是有緣人。

2 觀音菩薩把錦襴袈裟和九環錫杖獻給唐太宗，讓太宗賜給玄奘，支持他去西天取經。

3 唐太宗召來玄奘，賜名「唐三藏」，並賜給他袈裟和錫杖等物。唐僧收拾好行李，告別皇帝和送行的朝臣，向西天出發了。

4 這天，唐僧牽着馬走到五指山附近時，忽然聽到山腳下傳來一陣叫聲。

5 唐僧循着聲音找到悟空。悟空講了自己被壓山下的原因，還說觀音菩薩讓他在這裏等師父救他出去。

6 唐僧很高興，按照悟空說的方法，到山上揭下了封山的帖子。

7 悟空讓唐僧躲得遠遠的。只聽見一聲巨響，悟空從五指山下跳了出來！

8 悟空來到唐僧面前，拜了師。唐僧高高興興地收了徒弟，還給悟空另外取了個名字，叫作「孫行者」。

9 師徒二人啟程趕路。悟空在路上打死了一隻老虎，剝下虎皮做了兩件衣服，一件用葛藤圍在腰間，一件收了起來。

10 一天，師徒二人在半路遇到了一羣強盜。悟空二話不說，把他們全打死了。

11 唐僧看到悟空濫殺無辜，責怪他沒有善心，要將他趕走。悟空非常生氣，便賭氣地駕着筋斗雲飛走了。

12 唐僧只好自己上路。路上，一位老婆婆捧着一件錦衣和一頂花帽朝他走過來。

13 老婆婆説：「給你徒弟戴上花帽，他要是不聽話，你就唸咒語。」老婆婆教了唐僧咒語，便現出本相，化作菩薩飛走了。唐僧慌忙跪拜。

14 悟空走後很快就知錯了，回來找唐僧。看見錦衣和花帽，他高興地穿戴起來。剛戴好花帽，唐僧就合掌唸起了緊箍咒。

15 悟空腦袋痛得直打滾，怎麼也除不掉帽子上的金箍，哀求道：「師父，別唸了，我以後一定聽話！」就這樣，悟空被馴服了！

第十一回
喜收白龍馬

這天，師徒二人行至蛇盤山鷹愁澗。

1 鷹愁澗裏突然躥出一條白龍，向唐僧撲了過來。悟空趕緊把師父從馬上抱走。

2 白龍沒抓到唐僧，就將白馬一口吞進了肚子裏，又鑽回水中。

3 眼見白馬被吃，悟空氣得破口大罵。話音剛落，白龍猛地飛到半空，張牙舞爪地朝悟空撲過來。悟空掄起金剛棒劈頭就打。

4 白龍和悟空鬥了幾個回合，就招架不住了，一個轉身往水裏鑽去。悟空對着水面又是一陣叫罵，但白龍沒有出來。

5 悟空很是氣惱，便拿出金剛棒在水裏攪了攪，攪得那鷹愁澗濁浪翻滾，可是白龍就是不露面。

6 悟空沒辦法，只好把附近的山神、土地神都叫出來問個清楚。山神和土地神告訴悟空，白龍是觀音菩薩留下來的。

7 悟空剛想找菩薩理論，菩薩就出現了，說：「白龍是西海龍王的三太子。他犯了錯，我讓他給唐僧做腳力，以作懲罰。」

8 觀音菩薩讓悟空叫一聲「西海龍王三太子」。悟空剛喊完，白龍就飛了出來。

9 菩薩用玉淨瓶裏的柳枝蘸上甘露，往白龍身上一拂，白龍就變成了跟唐僧原先的坐騎一模一樣的白馬。

10 菩薩又摘下三片柳葉，將柳葉變成救命毫毛放到悟空的腦後。

11 悟空謝過觀音菩薩，牽着白龍馬找到師父。唐僧騎上白龍馬，師徒繼續上路，往西天去了。

第十二回
八戒拜師父

走了數日，這天傍晚，師徒二人到了高老莊。

1 高員外留他們在家裏過夜。員外告訴他們，說家裏來了個妖怪，想請人降妖。

2 原來，三年前，員外家裏來了一個姓豬的單身漢。員外見他長得不錯，就把他招上門，讓他和自己的女兒翠蘭結婚。

3 沒想到，在婚宴上，他竟然像豬一樣長出了長嘴巴和大耳朵，還把翠蘭鎖在後院，不准她和家人見面。

4 悟空聽了，決定幫高員外捉妖怪。於是他來到後院，用金剛棒搗開了翠蘭房間的門鎖。

5 員外進到房內，找到了翠蘭，父女倆一見面就抱頭痛哭起來。

6 悟空聽說妖怪晚上會過來，便讓員外父女先回前院，自己變成翠蘭的模樣，坐在牀上等妖怪。

7 不一會兒，一陣狂風吹來，一隻模樣醜陋的妖怪出現在半空中。

8 妖怪不知道翠蘭是悟空變的，一進門就撲過去想摟「她」。悟空故意戲弄妖怪，讓他撲了個空，從牀上滾了下來。

9 悟空說：「你長得醜，又來去無蹤，無名無姓，我爹就責怪我。」妖怪說：「我叫豬剛鬣，家住福陵山雲棧洞。」

10 悟空又道：「我爹要請五百年前大鬧天宮的齊天大聖來降你。」妖怪一聽，心裏害怕，轉身就往門外走。

11 悟空現出原形，一把扯住妖怪，叫道：「哪裏走，看看我是誰！」妖怪一看是悟空，嚇得連忙逃走了。

12 悟空一直追到雲棧洞。妖怪手拿九齒釘耙，大罵悟空：「弼馬溫，當初你大鬧天宮連累那麼多人，今天吃我一耙！」

13 兩人打了起來，金剛棒和九齒釘耙碰在一起，火花四濺。妖怪邊打邊問：「你被壓在五指山下，怎麼到了這裏？」

14 悟空說他要保護唐僧去取經。妖怪一聽，丟下武器倒地就拜：「觀音菩薩讓我在這裏等候取經人，麻煩你帶我去見他。」

15 悟空放火燒了雲棧洞，然後變出一條麻繩綁住妖怪，扯着妖怪的耳朵，往高老莊飛去。

16 原來，這妖怪從前是天蓬元帥，因為喝醉酒想佔嫦娥的便宜，被玉帝貶到凡間。

17 可是，他不小心投錯了胎，就成了豬的模樣……

18 現在，妖怪被悟空帶回高老莊，唐僧收了他做徒弟，取名「豬八戒」，法名「豬悟能」。

19 第二天天剛亮，唐僧師徒三人就收拾好行李，告別高員外，啟程西去了。

第十三回
三藏收沙僧

離開高老莊，師徒三人來到了一條大河前。

1 師徒三人被大河擋住了去路。這條河叫「流沙河」，河水湍急，而且任何東西都不能在河面上浮起來。

2 師徒正為怎麼過河發愁。突然，河裏跳出一隻兇惡的妖怪要抓唐僧。悟空趕緊上前護着師父，八戒和妖怪打了起來。

3 悟空把師父送到安全的地方，見八戒和妖怪打得難分難解，便掄起金剛棒朝妖怪打去。妖怪擋不住，鑽進了流沙河。

4 悟空叫八戒去引妖怪出來。八戒使出當年天蓬元帥的威風，分開水面跳了進去。

5 八戒和妖怪在水底打了起來。打着打着，八戒裝出逃跑的樣子，想把妖怪引到岸上。

捲簾 大將

6 妖怪不知是計，跟出了水面。當看到悟空在岸上守着時，他死都不肯上岸。

7 悟空無奈，只好找觀音菩薩幫忙。原來那妖怪本是捲簾大將，因犯天條被貶，經菩薩勸化後，願意保護唐僧到西天取經。

8 觀音菩薩吩咐惠岸行者和悟空一起回流沙河。行者捧着一隻紅葫蘆叫道：「悟淨，取經人在此！」

9 妖怪聽到聲音，馬上鑽出水面。經惠岸行者的指引，拜了唐僧為師。唐僧給他取了個別名叫「沙和尚」，又名「沙僧」。

10 沙僧摘下骷髏項鏈，惠岸行者把葫蘆放在當中，變成一條船。唐僧、八戒和沙僧上了船，在悟空和惠岸行者的護送下安全地過了河。

第十四回
豬八戒中計

過了流沙河，唐僧師徒繼續西行。

1 傍晚，師徒四人來到一座門樓前，想借住一宿。唐僧向女主人說明來意，女主人便把他們帶了進去。

2 女主人是個寡婦，不但家財萬貫，還有三個漂亮的女兒，想招唐僧師徒做女婿。

3 八戒馬上動了心，扯了扯師父。唐僧生氣地罵道：「你這個孽畜！我們是出家人，怎麼可以貪財好色？」

④ 女主人見唐僧幾個不肯答應，一氣之下轉身回房，把他們冷落在廳堂裏。

⑤ 八戒內心躁動不安，說要去放馬。悟空知道他另有目的，於是變成紅蜻蜓跟了出去。

⑥ 此時，女主人正帶着三個女兒在後園賞花。八戒急忙上前，表明自己願意留下做女婿，不必經過師父的同意。

⑦ 悟空一聽，趕緊回去報告師父，唐僧半信半疑。不一會兒，八戒牽着馬回來了。

8 女主人帶着三個女兒來到廳堂。三個女兒長得貌若天仙，看得八戒只知道傻笑。

9 女主人把八戒願意成親的事說了，八戒想抵賴。悟空揪着八戒的耳朵，對女主人說：「親家母，快帶你女婿進去吧！」

10 女主人把八戒領到裏屋，讓他蓋上蓋頭，還說抓到哪個女兒，哪個女兒就跟他成親。

11 女兒們左躲右閃，八戒東撲西撞，怎麼也抓不到人。

12 八戒撞得鼻青臉腫，坐在地上氣喘吁吁地說：「大娘啊，你女兒太機靈了，不肯招我，要不你招了我吧？」

13 女主人並不接話，只是從房裏取出三件珍珠嵌錦汗衫，說是三個女兒織的，八戒能穿進哪件，就將哪個女兒嫁給他。

14 八戒忙說：「好，如果都穿得上，就都招了我吧！」說完，搶過珍珠衫就往身上套。

15 八戒剛把珍珠衫穿上，就跌倒了。那珍珠衫變成繩子將他捆了起來，女主人也消失不見了。

16 第二天，唐僧、悟空和沙僧一覺醒來，發現自己睡在柏樹林裏，樹上有一張簡帖。

17 師徒揭下簡帖，看了才知道，原來那母女四人是黎山老母等神仙變的，為的是考驗唐僧師徒四人。

18 這時，突然傳來八戒的叫喊聲。他們循聲望去，發現八戒被綁着吊在樹上。悟空取笑道：「好女婿呀，你怎麼在這裏呢？」

19 八戒十分羞愧，說以後再也不敢胡來了。八戒被教訓了一頓，這場鬧劇就算結束了。

第十五回
偷吃人參果

師徒四人收拾行李，走出柏樹林。

1 四人跋山涉水，這一天走到了萬壽山前。山裏有一座五莊觀，觀裏住着一個叫「鎮元子」的大仙，還有一棵人參果樹。

2 鎮元大仙受邀到天上彌羅宮，出門前吩咐兩個童子：「唐僧前世是我的朋友，他要是來了就摘兩個人參果給他吃。」

3 沒過多久，唐僧師徒就來到了五莊觀。兩個童子熱情地把他們帶進大廳休息。

4 兩個童子遵照師父囑咐，端出兩個人參果請唐僧吃。唐僧見人參果長得像小孩，怎麼也不肯吃。

5 童子見唐僧執意不吃，就回房把人參果分吃了。沒想到，八戒在隔壁偷聽到了人參果的事情。

6 八戒趕緊找到悟空，叫他弄幾個人參果來嘗嘗。悟空答應了，但人參果需用金擊子打下來。

7 悟空先去偷了金擊子，再到後園，高興地跳上樹，對準人參果就敲。人參果「噗」的一聲落了下去。

69

8 人參果一落地就消失了。悟空在地上找了幾遍，也找不到。

9 悟空叫土地神出來回話。土地神說：「人參果遇水就化，遇土就鑽，打果的時候要用絲帕接着。」

10 悟空重新爬上樹。他一邊打一邊用衣襟接住人參果，「噗噗噗」，接連打了三個。

11 悟空把果子帶回來和八戒、沙僧一人一個分吃了。八戒吃完又嘟噥起來：「吃一個不痛快，要是能再吃一個該多好。」

12 這話剛好被前來送茶的兩個童子聽見了，他們懷疑人參果被偷吃了。

13 兩個童子來到園裏一數，發現人參果只剩下二十二個，少了四個。

14 他們非常生氣，找到唐僧，一通亂罵：「你這個唐僧，竟然偷吃人參果！」唐僧連忙否認。

15 唐僧想到可能是悟空三人偷吃了，就把他們找來問話。悟空老老實實地承認了。

71

16 但聽童子說丟了四個，八戒連忙嗅了嗅悟空：「難道你私藏了一個？」童子聽後罵得更厲害了。

17 悟空氣得直咬牙，拔出根毫毛變了個假悟空陪着師父他們，真身則進了後園。

18 悟空來到後園，舉起金剛棒朝人參果樹「乒乒乓乓」地一陣亂打，然後又把樹推倒。那果樹枝殘葉敗地橫倒在地上，根全都露了出來，樹上的果子一個也沒有了。

19 童子罵了半天，見唐僧也不還口，心想可能是自己弄錯了，便又去察看。他們一進圍，就被圍中的景象嚇得跌倒在地。

20 童子過了好一會兒才緩過神來。他們商量了一個主意，趁唐僧師徒吃飯的時候，把四人鎖在屋裏，等師父回來處置。

21 晚上，童子回房睡覺了。悟空使了個解鎖法，打開了門鎖。

22 師徒四人帶上行李，趁着月色悄悄地離開了五莊觀。

第十六回
求方醫死樹

師徒四人沒走多遠，鎮元大仙就回來了。

1 鎮元大仙回來後，兩個童子哭着向他訴説先前發生的事情。

2 鎮元大仙大怒，駕起祥雲，帶着童子追趕唐僧師徒。很快，他們就發現了正在樹林裏休息的唐僧師徒四人。

3 大仙將衣袖迎風展開，使了一個「袖裏乾坤」的法術，「唰」地一下就把唐僧一行人全吸進了袖子。

4 回到觀中，鎮元大仙命令徒弟們燒上大油鍋，要油炸孫悟空。二十幾個弟子吃力地把悟空抬起來，往鍋裏扔下去。

5 只聽見「撲通」一聲，油鍋被砸壞了。仔細一看，哪裏有悟空，鍋裏只有一個石獅子。原來是悟空變的戲法。

6 這下鎮元大仙被徹底惹惱了！他指揮眾弟子，要把唐僧丟入鍋裏油炸。

7 悟空見勢，趕緊現身對鎮元大仙説：「你放了我師父和師弟吧！三天之內我一定找出辦法醫活人參果樹。」大仙答應了。

8 悟空來到蓬萊仙境，看見福、祿、壽三星在下棋，就上前問：「三位仙翁，人參果樹斷了根怎麼醫活啊？」

9 三星擺擺手說：「人參果樹是仙木之根，根本沒辦法救活。」悟空聽了，急得抓耳撓腮。

10 悟空又去南海向觀音菩薩求助。菩薩責怪道：「你真是不知好歹，連我都讓着鎮元大仙三分，你怎麼敢傷他的果樹？」

11 幸好觀音菩薩願意相助，和悟空一起來到了五莊觀。鎮元大仙連忙出來迎接。

12 鎮元大仙把菩薩帶到後園。悟空和八戒把倒下的果樹扶了起來。

13 菩薩用柳枝蘸上玉淨瓶裏的甘露,向果樹拂了幾下。

14 果樹慢慢吐出了嫩綠的枝葉,那些不見了的人參果一個個從地裏鑽了出來,重新掛回樹上。

15 鎮元大仙和悟空見了，十分激動，不停向菩薩道謝。

16 兩個童子數了數，疑惑地說：「上次只有二十二個果子，現在怎麼多出來一個呢？」

17 悟空說：「先前我打果的時候有一個鑽進地裏了。」眾人恍然大悟。

18 鎮元大仙打下十個人參果，請觀音菩薩和唐僧師徒一起品嘗。唐僧師徒在觀裏又住了幾天，才繼續上路。

第十七回
三打白骨精

離開五莊觀，四人翻山越嶺，繼續前行。

1 這天，師徒四人走到一座山腳下。唐僧感到肚子餓了，讓悟空去化齋。

2 悟空跳上筋斗雲，發現遠處的高山上有許多成熟的山桃，便向那片桃林飛去。

3 山裏的白骨精剛好從天上飛過，看到唐僧，便生起了吃唐僧肉的壞主意。

79

4 白骨精變成了美女,左手提着青砂罐子,右手拎着綠瓷瓶,向唐僧他們走過來。

5 一看見漂亮女子,八戒立刻走上前去。那女子騙八戒說,她有香米飯和炒麵筋,願意送給他們吃。

6 八戒聽了滿心歡喜,叫師父把女子的齋飯吃了。唐僧不願意,八戒提過罐子張口就要開動。

7 就在這時,悟空駕着筋斗雲,帶着許多桃子回來了。

8 悟空看出那女子是妖精，大喝一聲，舉起棒子照頭劈去。妖精被打中，化作青煙溜走了，只留下一具人皮屍體。

9 唐僧見出了人命，便責怪悟空。悟空說：「師父別生氣，她是妖精。你看看那罐子裏都是些什麼東西。」

10 大家湊近一看，罐子裏哪有什麼香米飯和炒麵筋，都是些蟲子、青蛙和蛤蟆。

11 唐僧相信了悟空的話。八戒卻埋怨說：「這些肯定是師兄用障眼法變出來的。」

12 唐僧一聽，唸起了緊箍咒。悟空痛得滿地打滾，不停地哀求：「別唸了！別唸了！我知錯了！」唐僧這才饒了他。

13 白骨精被悟空打了一棒，對悟空恨得咬牙切齒。她又變成老太婆，拄着拐杖，從山間哭哭啼啼地走出來。

14 悟空一眼看出老太婆是妖精變的，二話不說上去就打。白骨精又被打跑了，留下一具老太婆的屍體。

15 唐僧見悟空又打死了人，再唸緊箍咒，更氣得要趕他走。悟空便讓唐僧把金箍脫下來，唐僧脫不掉，只好繼續留他在身邊。

16 白骨精沒抓到唐僧，很不甘心。這回她變成一個白髮老頭子，一手拄着拐杖，一手拿着佛珠，嘴裏不停地唸經。

妖精，我認出你了！

17 老頭見到師徒幾人，説：「我來找我的妻子和女兒。」悟空喝道：「妖精，你還敢騙我？」老頭嚇得直哆嗦。

18 悟空悄悄地叫出山神和土地神，對他們説：「有個妖精戲弄了我師父三次。這回我要打死她，你們幫我做個證人。」

19 悟空找到那老頭，掄起金剛棒打過去，老頭立刻一命嗚呼。

20 白骨精被打死了，變成了一具骷髏，脊骨上還寫着「白骨夫人」四個字。

21 唐僧以為悟空又打死一個人，還用障眼法騙他，氣得當場寫下貶書作為憑據，說道：「我再也不要你做徒弟了，你走吧！」

22 悟空連忙跪下來求饒。可不管怎樣哀求，唐僧都不肯原諒他。

23 悟空無奈，只好跳上筋斗雲，哭着回花果山去了。

第十八回
大戰黃袍怪

悟空走後，唐僧師徒三人繼續趕路。

1 這天，他們來到了一片黑壓壓的樹林裏。

2 唐僧讓八戒出去化齋。誰知八戒好吃懶做，找不到齋飯就乾脆躺在草叢裏睡覺去了。

碗子山波月洞

3 唐僧見八戒出去很久還沒回來，就讓沙僧去找，他自己則迷迷糊糊地來到了一座寶塔前。

85

4 唐僧走進寶塔，看見裏面有個青面獠牙的黃袍怪，嚇得一動也不敢動。黃袍怪輕而易舉地捉住了他。

5 沙僧和八戒回來後，發現師父不見了。他們急得到處找，也來到了那座寶塔前。

6 黃袍怪見八戒和沙僧找上門來，欺騙他們說：「我家來了個唐僧，正給他吃人肉包子，你們要不要也進來吃幾個？」

7 八戒和沙僧哪會上當，舉起武器就跟黃袍怪打起來。黃袍怪功夫好得很，沒幾個回合，八戒和沙僧就敗下陣來。

8 唐僧被綁在洞裏。一個女子走過來説：「我是寶象國公主，十三年前被抓來這裏。我放了你，但你要幫我送信。」

9 公主放了唐僧後，對黃袍怪説：「神仙託夢給我，讓我放了唐僧。」黃袍怪非常喜歡公主，就沒再追究。

10 黃袍怪出來對八戒、沙僧説：「我已經放了唐僧，你們去後門找他吧！」

11 八戒和沙僧跑到後門，見師父果真在那兒。沙僧急忙把師父扶上馬，三人帶着行李匆匆地離開了那片樹林。

12 師徒三人來到寶象國，把公主的信交給了國王。國王看完信，哭著求八戒和沙僧去救公主回來。八戒逞能，答應了。

13 就這樣，八戒和沙僧再次去找黃袍怪打鬥。可是，那黃袍怪實在太厲害，結果八戒敗陣而逃，沙僧被抓走了。

14 黃袍怪決定親自去見一見寶象國國王。他變成一個美男子，用花言巧語騙取了國王的信任，還說唐僧是隻老虎精。

15 黃袍怪見國王半信半疑，便對唐僧噴了一口水，將唐僧變成了老虎。幾個武將立刻把老虎關進了籠子。

16 豬八戒溜回城，從白龍馬那兒得知師父遭黃袍怪陷害，變成了老虎。

17 八戒連忙去花果山找悟空，讓他幫忙除掉黃袍怪。可是悟空還在生氣，怎麼都不肯答應，只帶八戒四處遊玩。

18 八戒只好用激將法，說：「那妖怪罵你沒本事，要扒你的皮抽你的筋呢！」悟空氣得抓耳撓腮，拉着八戒去找黃袍怪。

19 悟空找到黃袍怪，和他大戰了五六十個回合。黃袍怪招架不住逃跑了，悟空找了半天也沒找到。

20 悟空猜想那妖怪可能是天上下來的，便上天庭稟告玉帝。玉帝派人一查，原來是鬥牛宮外二十八星宿中的奎星下凡了。

21 那二十七宿星君齊唸咒，使奎星自動現形，上天庭來認罪了。

22 悟空救出公主和沙僧，又把師父變回原形。唐僧知道自己錯怪了悟空，師徒二人又和好如初了。

23 國王大擺筵席，招待唐僧師徒。師徒四人稍作休息，就告別國王繼續西行。

第十九回
降伏金銀魔

離開寶象國，走了幾天，師徒來到一座高山下。

1 為了安全起見，悟空讓八戒入山察看。八戒拖着釘耙去了。

2 路上忽然衝出幾個妖怪，把八戒捉住了。原來這裏是平頂山，山上的蓮花洞住着金角大王和銀角大王兩個魔王。

3 唐僧見八戒很久還不回來，就吩咐悟空：「你去看看，把八戒找回來。」悟空聽了，就駕着雲去找八戒。

4 悟空剛一走開，銀角大王就來了。他吹起一陣風沙，把唐僧、沙僧和白龍馬統統捲進了山洞裏。

5 金角大王和銀角大王拿出羊脂玉淨瓶和紫金紅葫蘆，對兩個小妖說：「你們帶上這兩件寶物，去收拾孫悟空。」

6 兩個小妖拿着寶物上路了。悟空遠遠地看見他們，就變成道士的模樣，要跟他們套話。

7 等到小妖走近了，悟空就問：「你們要去幹什麼？」小妖得意地說：「我們要用紅葫蘆和玉淨瓶去裝孫悟空。」

8 他們還說出了寶物的使用方法:「把寶物底朝天,口朝地,喊一個人的名字。如果對方答應,就會被吸進瓶裏化成水。」

9 悟空一聽,立刻有了主意。他變出一個大紅葫蘆,說:「那算什麼?我的葫蘆能裝天呢!」

10 為了讓小妖相信,悟空將葫蘆拋上半空,口中唸唸有詞。頓時,天暗了下來,慢慢變得一團漆黑。小妖嚇得大叫。

11 悟空收回葫蘆,把天「放出去」,天又亮了起來。兩個小妖覺得大紅葫蘆很神奇,就用小紅葫蘆和玉淨瓶跟悟空做交換。

12 等悟空離開後，小妖也學悟空唸咒作法，可試了幾次都沒成功，這才知道上當了。

13 小妖趕緊跑回山洞報告，悟空就變成蒼蠅跟了進去。兩個魔王聽說寶物被騙走，只好讓手下去老母親那裏取幌金繩。

14 悟空先一步到達，打死老妖婆，拿到了幌金繩。

15 悟空回到蓮花洞，想用幌金繩捉魔王，但他不會使用，反而被兩個魔王綁住了，紅葫蘆和玉淨瓶也被搜了回去。

16 兩個魔王一起喝酒慶祝。悟空偷偷掙脫綁繩，用毫毛變了個替身，真身則變成小妖站在魔王旁邊。

17 魔王把紅葫蘆交給變成小妖模樣的悟空保管。悟空藏好真葫蘆，變了個假葫蘆還給了魔王。

18 拿到了寶物，悟空溜出洞外現出原形，高喊：「妖怪快快出來送死！」銀角大王拿着假葫蘆出來了。

19 悟空把真葫蘆底朝天，喊了聲：「銀角大王！」妖怪不知是計，應了一聲，就被吸進了葫蘆裏。

20 悟空一路打進洞裏，突然看到一道金光射出來。走近一看，原來是妖怪的玉淨瓶在發光，悟空高興地拿走了寶物。

21 金角大王聞風逃跑，悟空拿着玉淨瓶追着喊：「金角大王！」妖怪回頭應了一聲，也被裝進了瓶裏。

22 終於，兩個魔王都被捉住了，悟空連忙趕回洞裏，救出師父和兩個師弟。

23 這時，太上老君趕來了。原來魔王的兩件寶物都是他的。悟空乖乖地將寶物歸還原主，然後跟唐僧繼續上路了。

第二十回
烏雞國降妖

師徒四人來到了烏雞國境內。

1 唐僧見天色已晚,便吩咐徒兒們投宿在一座名叫「敕建寶林寺」的廟內。

2 晚上,唐僧看書看到深夜。迷迷糊糊中,他聽到有人在喊:「師父,師父。」

3 唐僧扭頭一看,見身後站着一個渾身濕漉漉、手拿玉圭的人。那人哭着說:「我是烏雞國的國王,被一個妖怪加害了。」

4　原來三年前，烏雞國鬧旱災，有個道士登壇求雨，很快就下了一場大雨，緩解了旱情。

5　國王特別高興，就和道士結拜成兄弟，待他如親人一般。

6　有一天，道士告訴國王御花園的井裏有寶物。等國王湊到井口往下看時，道士一把將他推進了井裏。

7　接着，道士用石板蓋住井口，還種了一棵芭蕉樹在上面。然後把自己變成國王的模樣，當上了這個國家的國王。

8 那人説完就消失了，只留下那塊玉圭。唐僧叫來三個徒弟，把剛才的事情説了。悟空發誓要除掉妖魔，替國王申冤。

9 第二天，太子出城打獵。悟空把國王遇害的事情告訴了他，還拿出國王留下的玉圭給他看。

10 太子回宮把這件事告訴了母親。王后聽了非常傷心，他們懇請悟空除掉妖怪。

11 悟空讓八戒到井底把真國王背了出來。幸好居住在井底水晶宮的井龍王用定顏珠將國王的屍體保存完好，國王像睡了一般。

12 悟空飛上天庭，向太上老君要了顆「九轉還魂丹」。他把仙丹放進國王嘴裏，不一會兒，國王就活過來了。

13 國王扮成腳夫隨唐僧師徒去見假國王。悟空當着眾朝臣的面，揭穿了道士謀害國王、奪取王位的陰謀。

14 道士見事情敗露，現出原形想逃跑。悟空趕緊追出去，兩人打得不可開交。

15 道士打不過悟空，就跳到唐僧旁邊，變成唐僧的模樣。悟空一時分不出真假，不知該怎麼辦。

16 八戒靈機一動，說：「真師父會唸緊箍咒。」於是，真唐僧唸起咒語來，悟空痛得滿地打滾。

17 假唐僧被識破了。悟空掄起金剛棒，準備打下去。

18 這時，文殊菩薩出來阻止悟空。他將道士現了原形，變回青毛獅子。原來，牠是菩薩的坐騎，偷偷跑了出來。

19 文殊菩薩走後，大臣忙把真國王扶上寶座。唐僧師徒見了，都會心地笑了。

第二十一回
收服紅孩兒

離開烏雞國半個月後，師徒來到一座高山下。

1 只見山坳裏有一朵紅雲衝入空中，悟空見狀，趕緊讓師父下馬。

2 師徒幾個小心前行，忽然聽到林中有小孩喊救命。他們循聲找去，看見一個七八歲的小孩被麻繩捆着吊在樹上。

3 唐僧覺得小孩可憐，就讓八戒去把他放下來。悟空看出那個小孩是妖怪，便主動背着他走，打算找機會除掉他。

4 小孩使了個重身法，悟空頓時覺得背上有千萬斤重。一怒之下，他舉起妖怪使勁往路邊的石頭上摔去。

5 小孩化成一道紅光跳到半空中，然後弄出一陣旋風，把唐僧捲走了。

6 悟空叫來了土地神問話。原來那個抓走唐僧的妖怪叫紅孩兒，是牛魔王和鐵扇公主的兒子，住在山上的火雲洞裏。

7 悟空找到火雲洞，在洞前大聲叫罵，讓紅孩兒把唐僧交出來。

8　紅孩兒讓手下推出五輛小車，自己手拿火尖槍，口裏噴出三昧真火，把那些車都點着了。火雲洞前立刻成了一片濃煙火海，什麼都看不見，悟空也被熏得直流眼淚。

9 悟空趕緊找來四海龍王幫忙。龍王們作法,「嘩啦啦」地下雨了,不料那火經水一澆,燒得更旺了。

10 紅孩兒往悟空臉上噴了一口濃煙,熏得他淚如泉湧。幸好八戒及時趕到,救回了悟空。

11 八戒去請觀音菩薩幫忙。誰知紅孩兒在半路上扮成菩薩的樣子,將八戒騙進洞裏關了起來。

12 悟空見八戒去了很久還沒回來,料定他出事了,就忍着傷勢去找觀音菩薩,訴說他們的遭遇。

13 菩薩將南海海水裝進玉淨瓶，隨悟空下凡。來到火雲洞前，菩薩將玉淨瓶裏的海水倒出來，把三昧真火給滅了。

14 菩薩讓悟空把紅孩兒引到跟前。悟空來到洞口，打破了洞門。紅孩兒氣得跳出來，拿着長槍一路追打悟空。

15 紅孩兒發現觀音菩薩前來幫助悟空，便一槍刺向菩薩。菩薩飛上半空，故意把蓮花寶座留了下來。

16 紅孩兒學着菩薩的樣子盤腿坐到蓮座上。剛一坐好，蓮座就變成了刀叢，刺得紅孩兒哇哇大叫。

17 菩薩又變出五個金箍向紅孩兒拋去，兩個套住手，兩個套住腳，最大那個套在脖子上，然後唸起了緊箍咒。

18 紅孩兒痛苦地求饒：「菩薩饒命啊！我知錯了。」菩薩見他有悔改之心，就收了他做善財童子。

19 見紅孩兒被收服，悟空和沙僧救出了師父和八戒，放火燒了山洞。

20 悟空把觀音菩薩降妖的經過告訴了唐僧，唐僧立刻朝南跪拜磕頭，感謝菩薩相助。

第二十二回
車遲國求雨

逃過火雲洞一劫，師徒四人來到了車遲國。

1 他們在城裏看到一個奇怪的現象——一個道士手拿鞭子監視一羣和尚做苦力。

2 悟空想知道原因，就化身為道士，走到和尚當中問話。和尚們説起車遲國的怪事來。

3 不久前，國王讓和尚求雨，和尚求不來，但是三個叫虎力大仙、鹿力大仙和羊力大仙的道士一同作法，雨就下起來了。

④ 國王覺得道士比和尚法術高明，就關了和尚的廟堂，拜那三個道士為國師。道士從此仗着權勢欺壓和尚。

⑤ 第二天，唐僧師徒去王宮倒換關文。虎力大仙要他們求來雨才給換，悟空笑着答應了。

⑥ 虎力大仙要跟唐僧比賽求雨。虎力大仙在高台上揮舞寶劍，一邊唸咒一邊燒令符，不一會兒空中就起風了。

7 悟空趕緊上天找風婆、雲童霧郎、雷公電母和四海龍王，請他們不要幫虎力大仙，等他用金剛棒發令才下雨。

8 就這樣，虎力大仙求雨不成，只好撒謊說：「今天神仙都不在家。」悟空大笑道：「神仙都在家！是你法術不靈而已。」

9 悟空護送唐僧上台唸經，跟他說求雨的事就包在自己身上。唐僧登上台，打好坐唸起經來。

10 悟空見師父坐好，就用金剛棒向天上指了四下：一指，風來；二指，雲起；三指，電閃雷鳴；四指，大雨傾盆而下。

11 國王忙說：「雨夠了，雨夠了。」悟空又用金剛棒向天一指，立刻雨過天晴。大臣都忍不住誇讚唐僧法力高強。

12 虎力大仙說：「他求雨時，神仙剛好回來看到我的符。」悟空便提議比試請龍王現身。大仙試了很久都沒成功。

13 悟空一喊，龍王們就出現了，還變作四條蛟龍在空中飛舞盤旋，嚇得國王和大臣慌忙跪下磕頭。

14 國王說：「唐朝聖僧法力無邊，那就給你們倒換關文，送你們西行吧！」唐僧師徒聽了非常高興。

第二十三回
三大仙敗亡

國王雖然同意放行，三大仙卻要求繼續比試。

1 虎力大仙要比高台靜坐。國王同意了，命人搭了兩座高高的台子。

2 虎力大仙和唐僧靜靜地坐在台上比賽。台下的鹿力大仙暗中變出一隻臭蟲去咬唐僧，唐僧癢得縮頭蹭衣。

3 悟空發現後，幫師父除掉臭蟲，自己則變成一條大蜈蚣，在虎力大仙的鼻子上狠狠地咬了一口。虎力大仙痛得摔下了台。

4 虎力大仙輸了，鹿力大仙又要比試隔板猜物。國王命人抬出一個櫃子，鹿力大仙猜裏面放着山河社稷襖、乾坤地理裙。

5 悟空偷偷地鑽進櫃子裏，吹了口氣，將山河社稷襖和乾坤地理裙變成了兩件破爛衣服。

6 悟空出來告訴師父，裏面是兩件破爛衣服。唐僧把答案跟國王說了，國王氣得要治唐僧不敬之罪。

7 唐僧忙讓國王打開櫃子看看。櫃子打開後，裏面果然放了兩件破爛衣服。國王覺得太丟臉了。

8 虎力大仙不服，竟然要比試砍頭，悟空高興地答應了。悟空的頭被砍下後，很快又長出一個頭來。

9 輪到虎力大仙了。他的頭剛落地，悟空就變出大黃狗把頭叼走了。虎力大仙回復原形死了，變成一隻無頭老虎。

10 鹿力大仙要和悟空比剖腹。鹿力大仙剛剖開肚皮，悟空就變出老鷹，朝他的肚子啄過去。

11 鹿力大仙沒了腸子，很快就沒氣了，變成了一隻肚裏空空的白毛鹿。

12 最後，只剩下羊力大仙了。羊力大仙要和悟空比下油鍋。悟空脫光衣服，跳進燒滾的油鍋裏嬉戲耍鬧，跟洗澡一樣。

13 輪到羊力大仙了。他坐在油鍋裏，也是一副享受的樣子。悟空過去加柴，用手一摸，啊！鍋裏的油竟是冷的！

14 原來鍋裏有條冷龍，所以油燒不熱。悟空發現了這個秘密，唸聲咒語，把冷龍趕跑了。

15 沒有了冷龍，鍋裏的油立刻沸騰起來。羊力大仙掙扎了幾下，就不再動彈了。

115

16 國王為死去的國師們痛哭。悟空說：「他們都是妖怪，是虎、鹿和羚羊變的。你不信，可以把那骨頭撈上來看看。」

17 國王命人撈起煮爛了的羊力大仙，果然是一副羚羊骨頭。國王這才醒悟過來。

18 國王對唐僧師徒謝了又謝，並把倒換好的關文交給唐僧，讓他們繼續西行。

19 出關的時候，見國王貼出了招僧榜，以前的僧人又可以安心做回和尚，師徒四人都替他們高興。

第二十四回
戲耍鯉魚精

離開車遲國，師徒來到了通天河。

1 通天河河面極寬，望不到盡頭，岸邊的石碑上還刻着「通天河」三個大字。

2 四師徒見天色已晚，又過不了河，就到上游的一戶人家去借宿。剛好，這戶人家正在打齋唸佛。

3 這家主人陳氏兄弟告訴唐僧，打齋唸佛是因為要把自己的兒女作為祭品獻給鯉魚精。

4 得知唐僧師徒能降妖，兄弟二人哭着說：「鯉魚精就在通天河裏，今年要吃我們家的孩子，請高僧救救我們吧！」

5 接着，兄弟倆把他們的獨生子和獨生女抱了出來。兩個小孩長得十分可愛。悟空見了就說：「別擔心，我幫你們。」

6 悟空和八戒變成那兩個小孩的模樣，在屋裏和他們玩了起來。他們決定代替兩個小孩作為祭品，捉弄一下鯉魚精。

7 送祭品的日子到了，變作小孩的悟空和八戒被抬到靈感大王廟的供桌上。眾人都散了，只剩下他們留在那裏。

8 鯉魚精來了，他想先吃八戒變的童女。八戒現出原形，拿起釘耙就朝鯉魚精打過去。鯉魚精招架不住，落荒而逃。

9 鯉魚精逃回了通天河，氣惱不已。他想把唐僧吃掉，便和鱖魚婆商量出一個詭計。

10 鯉魚精施展法術，當天夜裏下起了大雪，通天河一夜之間結了冰。第二天，唐僧師徒踏着冰面過河，突然冰面裂開，唐僧、八戒、沙僧和馬匹行李都掉進了河裏，只有悟空飛身躍入空中，得以脫身。

11 鯉魚精見唐僧掉進了河裏，就把他抓回去。

12 八戒和沙僧怒氣沖沖地去營救師父。他們和鯉魚精大戰起來，打得難分勝負。

13 八戒和沙僧決定把鯉魚精引出水面，讓悟空對付他。他們假裝招架不住，往水面逃去。鯉魚精不知有詐，緊追不捨。

14 悟空早在岸上等着了。一見鯉魚精鑽出水面，他掄起金剛棒就打過去。沒幾個回合，鯉魚精就抵擋不住了。

15 鯉魚精躲進水裏，再也不肯出來。悟空沒辦法，只好去找觀音菩薩幫忙。

16 菩薩隨悟空來到通天河，唸起咒語，將籃子拋進水裏，提上來一條大紅鯉魚。原來是蓮池裏的鯉魚成精下凡作怪。

17 悟空救出了師父。此時，一隻巨大的老烏龜游過來說：「大聖，快上來吧，我送你們過河。」

18 老烏龜背着唐僧師徒向對岸游去時，問：「等你們見到佛祖，幫我問一下我什麼時候能變成人，可以嗎？」唐僧說好。

第二十五回
師徒懷邪胎

過了通天河，師徒四人來到女兒國的地界。

1 師徒四人坐着老婆婆的船過河。唐僧和八戒口渴，舀起河水就「咕嚕咕嚕」地喝了一大碗。

2 喝完不久，唐僧和八戒的肚子就大了起來，他們痛得哇哇大叫。

3 老婆婆笑着說：「你們喝了女兒國子母河裏的水，很快要生孩子了。」

4 悟空和沙僧笑得東倒西歪。唐僧和八戒怕得要命，大聲叫喊：「快來人啊！快給我們打胎！」

5 老婆婆告訴他們，解陽山上聚仙庵裏的落胎泉水可以破解胎氣，只是得向那裏的如意真仙獻上厚禮才能求得泉水。

6 悟空來到聚仙庵，不料被一個囂張的道士攔在門外。這道士正是如意真仙，亦即紅孩兒的叔叔。

7 如意真仙惡狠狠地說要為紅孩兒報仇。悟空笑道：「你小姪兒跟着觀音菩薩做善財童子，這是好事，你怎麼反而怪我？」

8 如意真仙聽了這話更生氣了，甩起如意鈎和悟空打了起來。

9 悟空舞動金剛棒，幾下就把如意真仙打跑了。

10 悟空來到井邊，見如意真仙伏在井欄上，就舉起棒子把他嚇跑。

11 悟空取了泉水正要往回走，如意真仙突然跳出來，用如意鈎把他勾倒在地，桶裏的水潑灑了一地。

12 悟空找來沙僧幫忙。趁着悟空和如意真仙過招，沙僧偷偷地取到了泉水。

13 悟空見目的達到，本想撤離，但如意真仙不肯罷休，就揮棒把如意鈎打成兩截，嚇得他拚命求饒。

14 悟空打完勝仗回來，唐僧和八戒已經喝了泉水，肚子平了，也不痛了。

15 師徒四人在老婆婆家借宿了一晚。第二天一早，他們就離開村子，朝女兒國進發。

第二十六回
女兒國奇遇

不久，師徒四人就到了女兒國的國都。

1 在女兒國的國都，唐僧師徒發現了一件奇怪的事：街上全都是女的，沒有一個男子。

2 師徒四人到了驛館，喝完茶，就去找女官倒換關文。

3 女官向女王奏明情況，女王滿心歡喜地說：「女兒國一直沒有男人，我願意招唐僧為王，自己做王后。」

4 女王派太師跟唐僧說親,唐僧死活不肯,女王也不願給他們倒換關文。悟空心生一計,請唐僧先假裝答應她們。

5 悟空對太師說:「我們把師父留下和女王成親。你快點倒換關文,好讓我們兄弟幾個西去取經。」太師聽了非常高興。

6 聽說唐僧答應了親事,女王就去驛館接唐僧。見唐僧相貌英俊,她十分喜歡,唐僧卻嚇得戰戰兢兢。

7 女王請唐僧和她一同坐龍車回宮,唐僧只好照辦。師兄弟三人牽着馬,挑着行李跟在後面。

8 一行人到了王宮，拿到倒換好的關文，悟空三人就收拾行李，準備動身離開。

9 唐僧對女王說：「我去給徒弟送行。」女王不知是計，便和他一起送悟空三人出城。

10 出了城門，唐僧向女王拱手道別：「陛下請回，貧僧取經去了。」說完，騎上白龍馬而去，留下女王獨自傷心哭泣。

第二十七回
誅殺蠍子精

離開女兒國，唐僧師徒繼續西行。

1 突然，路上颳起一陣旋風，把唐僧捲走了。悟空、八戒和沙僧見狀，立刻呼叫着追過去。

2 三人追到了一個山洞前，洞口上刻着「毒敵山琵琶洞」六個大字。

3 悟空變成蜜蜂飛進洞裏，只見一隻女妖正逼着師父和她成親。女妖說：「我和你一起結伴修行，難道不比取經好？」

4 悟空現出原形，掏出金剛棒朝女妖打去。女妖用煙霧護住唐僧，然後揮舞鋼叉和悟空打起來。

5 兩人打出洞外，女妖使出倒馬毒椿扎中了悟空的頭皮。悟空痛得眼冒金星，難以招架。

6 八戒衝過來幫忙。打着打着，女妖又使出倒馬毒椿，在八戒鼻子上狠狠地扎了一下。

7 八戒捂着鼻子，和悟空一起跑了。女妖見了，得意地大笑。

8 兩人回來找到沙僧，大家都不知怎麼辦才好。這時，他們看見山路上有個提着菜籃子的老婆婆走來。

9 悟空認出她是觀音菩薩，就去跪拜。菩薩騰上半空現出本相，説：「那女妖是隻蠍子精，你去找昴日星官幫忙吧！」

10 悟空不敢耽擱，立刻上天找到昴日星官，說了之前的情況。

11 昴日星官隨悟空來到毒敵山。他摸摸八戒的鼻子和悟空的頭頂，兩人立刻不痛了。

12 悟空和八戒再次來到琵琶洞。八戒舉起釘耙打碎了石門。

13 女妖氣得又想對悟空和八戒下毒手。這時，昴日星官出現了，變成一隻雙冠的大公雞，對着女妖大聲啼叫。

14 女妖聽到雞鳴立刻現出原形，原來她是一隻琵琶大小的蠍子精。八戒衝上前，用釘耙把蠍子精打死了。

15 悟空三人終於救出師父。他們放火燒了琵琶洞，繼續西行。

第二十八回
真假孫悟空

沒走幾天，師徒四人來到一片密林邊。

1 唐僧師徒正趕路，突然，密林裏衝出三十多個強盜，氣勢洶洶的要打劫。

2 悟空揮動金剛棒，不一會兒，就把強盜全打死了。

3 唐僧見死了這麼多人，又氣又急，決定趕走悟空。悟空見師父態度強硬，不敢再説什麼，只好去求觀音菩薩幫忙。

4 菩薩說：「你先留在我這，等你師父有難了，他自然會來找你。」悟空只好聽從菩薩的安排，暫時留在她身邊。

5 悟空走後，唐僧覺得口渴，就讓八戒和沙僧去找水喝。

6 八戒和沙僧剛走開，悟空就出現了。他捧著水說：「師父，請喝水。」唐僧生氣地說：「就算渴死，我也不喝你的水！」

7 悟空馬上變臉，一棒把唐僧打暈，提起兩個包袱，駕雲飛走了。

8 八戒和沙僧回來後，慌忙救醒師父。唐僧把剛才的經過說了一遍，沙僧氣得去了花果山找悟空算賬。

9 沙僧來到花果山，指着悟空大罵。悟空毫無悔意，說他要自己去取經，還命小猴拿下沙僧。沙僧只好匆匆逃離。

10 沙僧去找觀音菩薩幫忙，卻發現悟空也在。他氣呼呼地說了悟空打師父搶行李的事，菩薩卻說悟空一直沒有離開過。

11 菩薩讓悟空和沙僧去看個究竟。兩人來到花果山，悟空看見一隻和自己一模一樣的猴子，正和羣猴玩樂。

12 悟空跳下去大罵起來：「你是哪裏來的妖怪，竟敢冒充我？」假悟空二話不說，拿出金剛棒和真悟空打起來。

13 真假悟空一直打到觀音菩薩那裏。菩薩一唸緊箍咒，他們都痛得直打滾。這下，菩薩也分不清他們誰真誰假了。

14 兩個悟空又打到玉帝那裏。玉帝讓托塔天王用照妖鏡來辨真假，結果兩個悟空分毫不差。

15 真假悟空拉拉扯扯，又打又鬥，到了如來佛祖跟前。佛祖一眼就辨出真假，說：「假悟空是一隻六耳獼猴。」

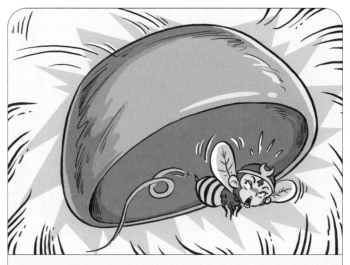

16 假悟空一聽，嚇得變成蜜蜂，想要飛走。如來佛祖拋出一個金缽，將他蓋住了。

17 兩名金剛揭開金缽，假悟空終於現出了原形。悟空怒不可遏，朝他狠狠打了一棒。

18 觀音菩薩帶着悟空回去見唐僧，講明了事情的真相，還了悟空清白。唐僧拜謝了菩薩，和悟空和好如初。

19 師徒四人又朝着西去的路上進發了。

第二十九回
三借芭蕉扇

師徒一路向西走了幾個月，天氣越來越熱。

1 前面有一座燃燒着熊熊烈火的山，擋住了師徒四人的去路。

2 他們向人打聽才知這裏是火焰山。山上有八百里火焰，只有到翠雲山芭蕉洞鐵扇公主那借來芭蕉扇，才能把火搧滅。

3 悟空聽了，心中大喊不好。鐵扇公主肯定會記恨他降伏她孩子紅孩兒這件事，哪會借扇？

4 實在想不出別的辦法，悟空只得硬着頭皮來到芭蕉洞。鐵扇公主聽説孫悟空來了，拿起寶劍氣沖沖地走出來。

5 鐵扇公主怎會答應借扇？她舉起寶劍，對着悟空的腦袋一陣亂砍，悟空並不躲閃。

6 等到鐵扇公主砍累了，悟空又問她借扇。公主氣得取出芭蕉扇，將悟空搧得無影無蹤。

7 悟空被搧到了小須彌山，他在那裏見到了靈吉菩薩，説了借扇的事，菩薩就送給他一顆定風丹。

8 悟空帶着定風丹回到芭蕉洞前。鐵扇公主一連搧了三次，都不能將悟空搧飛。

9 鐵扇公主見扇子不靈了，匆忙跑回洞中不肯出來。悟空變成一隻小蟲子，也飛進了洞內。

10 悟空趁着鐵扇公主喝茶的時候，飛進了她的肚子裏，邊踢打邊喊道：「快把扇子借我一用！」

11 鐵扇公主痛得受不了，趕緊說：「我借，我借。你快出來拿吧！」悟空這才從她嘴裏飛了出來。

12 悟空現回原身，拿着芭蕉扇來到火焰山。他舉起扇子使勁一搧，火焰不但沒滅，反而燒得更旺了，這才知道上當了。

13 強奪不成，只能智取了。於是，悟空變成牛魔王的樣子回去找鐵扇公主，哄她把扇子交給自己保管。鐵扇公主答應了。

14 悟空拿到真芭蕉扇，現出原形，拔腿就跑。鐵扇公主氣得大罵。

15 真牛魔王回來了。他得知悟空騙走了芭蕉扇，便騰雲駕霧追了過來。

16 牛魔王變成八戒的樣子，叫道：「猴哥，讓我來扛扇子吧！」悟空一時大意，把扇子交給了假八戒。

17 牛魔王騙到扇子，立刻把它變小藏起來，然後現出本相，往芭蕉洞飛去。悟空連忙去追。

18 悟空追上了牛魔王，舉棒就打。此時，八戒剛好趕到，也加入了戰鬥。

19 牛魔王招架不住，就變作一頭像山一樣高大的牛，用兩隻鐵塔似的牛角朝悟空頂過去。

20 牛魔王驚動了天上的神仙。哪吒甩出風火輪套住他的角,用三昧真火把他燒得搖頭擺尾。

21 牛魔王受不了想變身逃跑,被托塔李天王用照妖鏡照住,動彈不得,只好答應獻扇。

22 悟空拿着芭蕉扇來到火焰山,連續搧了七七四十九下。火焰山上不僅沒了火,還下起雨來。

23 這樣,唐僧師徒可以放心走地過火焰山,繼續上路了。

第三十回
碧波潭奪寶

安全過了火焰山，師徒四人一路西去。

1 一天傍晚，他們來到一座繁華的城市，看見十幾個衣衫襤褸的和尚戴着腳鐐沿街乞討，悟空便過去詢問。

2 一個老和尚告訴他，城裏有座金光寺，寺裏的寶塔上供着舍利子。每到夜晚，寶塔就會射出霞光，周邊各國都來朝拜。

3 沒想到三年前下了一場血雨，舍利子不見了，寶塔變得暗淡無光。國王認為是寺裏的和尚偷了舍利子，便拿和尚問罪。

4 唐僧知道金光寺的事情後，心裏很難過，就和悟空前往寶塔。師徒二人點燃琉璃燈，從大殿開始打掃上去。

5 夜深了，悟空讓師父先回去休息，自己接着打掃。突然，他聽到塔上有人在說話，原來是兩個妖怪正在猜拳喝酒。

6 悟空一把捉住妖怪，喝道：「是你們偷了寶物！」妖怪跪着求饒：「不是我們，是碧波潭萬聖龍王的九頭駙馬偷的。」

7 悟空捉了妖怪，讓他們向國王說出真相。國王知道自己錯怪了和尚們，就下令釋放他們，還請求唐僧師徒幫忙降妖。

8 悟空和八戒來到碧波潭。萬聖龍王嚇得不知所措，九頭駙馬壯膽説：「一個孫悟空，怕他什麼！」

9 九頭駙馬拿着月牙鏟出來應戰，悟空拿着金剛棒和他打起來。

10 八戒也前來助陣。誰知，那妖怪現出本相，變成九頭蟲，一口咬住八戒，把他捉到碧波潭裏。

11 悟空變成大螃蟹，沉到水底，看見八戒被綁在一根柱子上，就用兩隻蟹鉗剪斷繩子，讓八戒脱身。

12 悟空水性不好，先浮出了水面。八戒找到宮殿，和正在喝酒作樂的萬聖龍王、九頭駙馬打了起來。

13 八戒鬥不過眾妖，轉身浮出水面。萬聖龍王剛追出水面，就被悟空一棒子打死了。

14 二郎神正好經過碧波潭，見狀立刻過來幫忙降妖。九頭駙馬見形勢不妙，趕緊現出本相，變成九頭蟲。

15 九頭蟲張開大嘴，想去咬二郎神，哮天犬「嗖」的一聲躥上去，將那妖怪的一個頭顱咬了下來。

16 九頭蟲受傷逃跑了。八戒正想去追，悟空攔住他說：「那妖怪丟了一個腦袋，已經沒有威脅了。」

17 悟空來到龍宮，在一個黃金匣子裏找到了舍利子。

18 悟空將舍利子放回金光寺，建議寺名改掉「金光」二字。國王立刻命人換字，掛上了「敕建護國伏龍寺」的新匾。

19 唐僧師徒又上路了。伏龍寺的和尚一路相送不肯回去，悟空只好變成老虎，把他們嚇跑了。

第三十一回
計擒黃眉怪

唐僧師徒一路急行，來到了一個山頭。

1 站在山崗上，師徒四人看到一排樓台殿閣隱沒在祥雲瑞霧之中，金色的琉璃瓦在陽光的照耀下閃閃發亮。

2 他們走到殿閣前，唐僧看見門上寫着「雷音寺」三個大字，趕緊下馬參拜。悟空卻說：「師父，這只是『小雷音寺』啊！」

3 唐僧仔細一看，果然是小雷音寺。悟空說此寺有不祥之氣，勸唐僧不要進去，但唐僧執意要進去參拜。

4 一進門，他們就看見如來佛祖端坐蓮台，兩邊並立着金剛、觀音、五百羅漢等無數僧侶。

5 悟空看了看四周，覺得不對勁。就在這時，半空中突然掉下一副金鐃，將他罩住了。

6 原來，這些神佛都是妖怪變的。那些妖怪見悟空被降住了，就把唐僧、八戒和沙僧都捆綁藏了起來。

7 悟空被扣在黑漆漆的金鐃裏，想用身子撐破金鐃，可那金鐃會隨着他一起變化，不管悟空用什麼辦法都逃不出來。

8 悟空只好唸咒請各路天神來幫忙。眾神仙圍在金鐃旁，敲的敲，砸的砸，卻絲毫不起作用。

9 後來，一個叫亢金龍的獨角仙用角從金鐃的合縫處鑽進去，讓悟空變成蚊子般細小附在他的角上。

10 悟空隨着獨角被帶了出來。他現出原形，拿出金剛棒，一棒將金鐃打成了碎片。

11 敲打的聲響驚醒了正在熟睡的妖王。那妖王自稱黃眉怪。

12 黃眉怪趕過來，發現悟空他們正要逃跑，便拿起狼牙棒和悟空打起來。神仙一擁而上，把妖怪團團圍住。

13 黃眉怪不慌不忙地從腰間取出一個白口袋，只聽「嘩啦」一聲，悟空和神仙都被裝了進去。

14 黃眉怪回到洞裏，命小妖用繩子把悟空和神仙綁起來，關進房間裏。

15 半夜，妖怪睡着了。悟空變身逃脫出來，把師父、八戒、沙僧和神仙全放了。

16 悟空他們沒走多遠，妖怪就追了出來。除了悟空，其他人又被捉了回去。

17 這時，彌勒佛出現了。原來，黃眉怪本是他手下的一個黃眉童子，趁他外出時偷了幾件寶物，下界成精搗亂。

18 彌勒佛變出一片西瓜田，自己化身老瓜農，叫悟空引黃眉怪到瓜地來。

19 悟空引出了黃眉怪。他們邊打邊退，漸漸地退到了西瓜田邊，一晃身，悟空消失不見了。

20 黃眉怪打得口乾舌燥，嚷着要吃西瓜。由彌勒佛假扮成的瓜農，便捧出個大西瓜給他。

21 黃眉怪剛張口，西瓜就滾進他的肚子裏，黃眉怪痛得滿地打滾。原來，是悟空變成了西瓜，鑽到他肚子裏又打又踢。

22 彌勒佛現出原形，那黃眉怪見了主人，連忙變回黃眉童子，跪地求饒。彌勒佛讓悟空放了他。

23 悟空救出了師父和神仙。師徒四人又繼續趕路了。

第三十二回
巧計治怪病

離開小雷音寺，師徒一行人到了朱紫國。

1 師徒四人在朱紫國的大街上看到一張皇榜。原來，國王三年前得了一場怪病，久治不癒，因此貼榜求醫。

2 悟空揭下榜文，師徒四人一起到了王宮。悟空說他可以給國王治病，國王卻被他的樣子嚇得不敢出來。於是，悟空叫人把三根金絲繫在國王的手腕上，進行「懸絲診脈」。

3 悟空把完脈，說：「陛下，你這是受了驚嚇，傷心發愁才得的病，我有辦法治好你。」國王一聽，欣喜得連連點頭。

4 悟空找來八百多種藥材，每種三斤，堆得滿屋子都是。不過，這只是做給別人看的，他並不打算用它們為國王治病。

5 悟空和八戒跑去接白龍馬的尿，準備用它來做藥醫治國王的病。

6 師兄弟三人把巴豆、大黃和鍋底灰摻在一起，拌上馬尿，製出了三顆黑色藥丸，還命名為「烏金丹」。

7 第二天，國王派人來取藥。悟空把烏金丹交給來人，並稱這種藥專治疑難雜症。

8 悟空又找來東海龍王，讓他降些「無根水」給國王做藥。於是，龍王在天上打了幾個噴嚏，吐了兩口唾沫。

9 雨嘩啦嘩啦地下起來，王宮裏的人都拿出水盆，為國王接住沒有落到地上的無根水。

10 國王就着無根水吃下藥丸，吐出了一塊噎在肚子裏三年的糉子，怪病一下子就好了。

157

第三十三回
智盜金鈴兒

為了表示感謝，國王設宴招待師徒四人。

1 宴席上，大家正吃得高興，國王突然歎了口氣，說出一件傷心的事情。

2 原來，三年前的端午節，突然出現一個妖怪，把王后搶走了。那妖怪還說自己住在麒麟山獬豸洞。

3 悟空聽了，決定幫國王把王后救回來。國王拿出一個鐲子交給他，說這是王后留下的東西。

4 悟空來到麒麟山獬豸洞，找到妖怪，大聲喝道：「妖怪，快把王后娘娘交出來！」

5 妖怪不肯，雙方就打了起來。妖怪打不過悟空，就從身上解下三個金鈴，朝悟空放煙噴火，並乘機逃回了洞中。

6 等到煙火滅了，悟空就變成小妖的模樣混進洞裏。此時，王后娘娘正坐在寶座上哭泣呢。

7 悟空變回原形，對王后娘娘說：「我是來救你的。」還拿出鐲子給她看。王后娘娘相信了悟空。

8 說起妖怪身上的三個金鈴，王后娘娘說它們不僅能放出煙、火，還能放出毒沙。悟空讓娘娘設法把金鈴騙到手。

9 於是，王后娘娘請妖怪過來喝酒，說要看看他的寶物。妖怪就把金鈴解下來交給她。

10 王后娘娘偷偷把金鈴藏進了梳妝枱。悟空趁機拿走金鈴，溜了出去。

11 到了洞外，悟空把堵在鈴鐺上的棉花扯了下來。「噹」的一聲，金鈴煙火齊放，嚇得悟空丟下金鈴就跑。

12 妖怪聽到聲響，跑了出去，撿回了金鈴掛在腰上，再也不給王后娘娘了。

13 悟空偷偷地返回洞裏，拔下身上的毫毛，變出許多蝨子和跳蚤，咬得妖怪渾身痕癢。妖怪只好解下金鈴，脫掉衣服捉蝨子。

14 悟空趁機偷走了金鈴，又用毫毛變了個假金鈴放在原來的地方。

15 悟空來到洞外叫戰。妖怪拿出假金鈴，搖了半天沒反應。悟空拿出真金鈴噴出煙火，燒得妖怪嗷嗷直叫。

16 這時，觀音菩薩來了。菩薩讓悟空住手，用楊柳枝蘸上甘露，把煙火拂滅了。

17 悟空問起妖怪的來歷，菩薩説：「牠是我的坐騎，趁着牧童打瞌睡，咬斷鐵索，下界到了朱紫國。」

18 那妖怪聽了菩薩的話，現出原形，變成了一頭金毛猻。

19 菩薩讓悟空把金鈴掛到金毛猻的脖子上，騎上牠走了。

20 悟空護送王后娘娘回到朱紫國。國王高興地過去牽娘娘的手，卻被扎了一下，痛得大叫。

21 八戒笑話國王沒福氣，悟空呵斥道：「娘娘身上生了毒刺，誰碰誰就痛，那妖怪就因為這個，三年來都不敢碰娘娘。」

22 正說着，紫陽真人來了。他收了娘娘身上的霞衣，毒刺便消失了。原來三年前娘娘落難時，真人送她霞衣護身。

23 國王和娘娘又在一起了。唐僧師徒要啟程離開，國王請唐僧坐上龍車，護送了好長一段路才道別。

第三十四回
火燒盤絲洞

離開朱紫國，師徒四人繼續向西趕路。

1 一天，唐僧堅持要自己化齋。他來到一座幽靜整潔的院子前，那戶人家卻只有女子。唐僧猶豫了一下，硬着頭皮走了進去。

2 院子裏住着七個女子。她們把唐僧請進屋裏坐下，還端上一桌子人肉做的飯菜。唐僧嚇得目瞪口呆。

3 唐僧想要離開，七個女子扯住他，把他綁了起來，還從肚臍眼裏射出銀絲線，把整座院子都封了起來。

盤絲嶺盤絲洞。

4 見師父去了化齋半天都沒回來，悟空覺得不妙，四處尋找。他駕着筋斗雲，發現了那座被銀絲線裹起來的院子。

5 悟空叫土地出來回話。土地説：「這裏是盤絲嶺盤絲洞，洞裏住着七個蜘蛛精。她們一天要洗三次澡，一會兒就會出來。」

6 沒多久，蜘蛛精果然來到温泉浴池洗澡。她們商量着洗完澡就把唐僧蒸熟吃掉。

7 悟空覺得她們雖是妖精，但趁人家洗澡時動手，會壞了自己的名聲，就變成一隻老鷹，把妖精們的衣服抓走了。

8 八戒得知此事，一路疾跑，來到溫泉邊，「撲通」一聲跳進水裏。他本想佔些便宜，卻被蜘蛛精揪着打。

9 八戒打不過她們，跳出池子去拿釘耙。蜘蛛精也不顧害羞，跳出池子，放出銀絲將八戒纏進了絲網裏。

10 蜘蛛精怕鬥不過悟空，駕起一陣妖風，投奔黃花觀的師兄去了。

11 八戒在絲網裏左跌右撞，直到蜘蛛精走遠，銀絲消失了，他才得以脫身。

12 八戒跑回去把剛才發生的事情告訴了悟空和沙僧。三人決定緊趕去營救師父。

13 三人來到盤絲洞，發現師父被吊在半空中，連忙過去把他放下來。唐僧說：「妖精從後門跑了。」

14 八戒找了些乾柴堆在洞裏，一把火將盤絲洞燒了。

15 悟空小心地扶師父上馬坐好，師徒四人繼續趕路。

第三十五回
惡戰蜈蚣怪

沒多久，師徒四人來到一座道觀前。

1 道觀名叫黃花觀。觀裏的老道士將唐僧他們請了進去。這老道士就是盤絲洞蜘蛛精的師兄。

2 老道士早就和蜘蛛精約定了合謀吃唐僧肉。等到唐僧師徒在客廳裏坐下，他就端上了四杯毒茶。

3 悟空看出茶裏有異樣，沒有喝。但唐僧、八戒和沙僧都「咕嚕」一聲喝了下去。

4 不一會兒，八戒臉色發青，沙僧滿眼流淚，唐僧口吐白沫，接連昏倒在地。

5 悟空見師父他們中了毒，大罵着揮棒和道士打起來。

6 蜘蛛精聽到打鬥聲都跑了出來，從肚臍眼裏吐出銀絲，像天篷一樣把悟空罩在底下。悟空撞破蜘蛛網，飛了出去。

7 蜘蛛精又吐絲把整座道觀裹起來。悟空馬上變出許多小悟空,拿叉棒纏絞銀絲。

8 不一會兒,絲被絞盡了,拖出七隻蜘蛛。悟空揮舞金剛棒,把蜘蛛打成了大肉餅。

9 道士見師妹們被悟空打死了,就脫掉上衣,讓兩肋下的千隻眼睛一齊放射金光,照得悟空睜不開眼。

10 悟空慌忙變成一隻穿山甲鑽進地裏,一直鑽了二十餘里,他才敢探出頭來。

11 悟空跑去紫雲山，找到昴日星官的母親毗藍婆，請她和自己一起去降妖。毗藍婆答應了。

12 毗藍婆到了黃花觀，拿出一枚繡花針向道士拋去。道士立刻把千隻眼睛全都閉上，站在原地一動不動。

13 毗藍婆讓道士現出原形，原來是一條大蜈蚣。她又交給悟空三顆解藥，讓他去救唐僧等人。

14 唐僧、八戒和沙僧服下解藥後，慢慢地清醒過來。

第三十六回
妙計治昏君

拜別了毗藍婆，唐僧師徒繼續上路。

1 師徒正趕路，迎面走來一個老婆婆，說：「前邊是滅法國，國王要殺一萬個和尚，你們趕緊繞路走吧！」

2 四人想了個對策。他們打扮成普通百姓的樣子，還分別改名叫唐大官、孫二官、豬三官和沙四官。

3 師徒混進城，找了間旅店。悟空騙店主說：「我們是做販馬生意的，想找個又黑又安靜的地方休息。」

4 店主把他們領到一個又黑又不透風的大箱子前。悟空幾個也不嫌棄,把白龍馬拴在箱子旁邊,鑽進箱子就睡下了。

5 半夜,旅店裏來了一夥強盜。他們發現了大箱子,以為裏面有財寶,就把箱子偷走了,還讓白龍馬拉車。

6 不料,強盜剛出城門,便被官兵發現了。他們嚇得丟下箱子和白龍馬逃跑了。

7 官兵把白龍馬和箱子帶回了官府。等到官兵都走了,悟空變成一隻小飛蟲,從箱子裏鑽了出來,現回原形。

8 想到這都是因國王引起的，悟空就變出許多小悟空和剃刀，吩咐小悟空拿着剃刀，把王公大臣和元帥大將的頭髮都剃光。

9 悟空來到國王和王后的寢宮，用瞌睡蟲讓他們熟睡，然後把他們的頭髮剃了個精光。

10 第二天，國王醒來看見王后的光頭，吃驚地問：「你的頭髮怎麼全沒了？」王后同樣驚訝地說：「你也一樣啊！」

11 早朝時，國王看見大臣們個個光頭，認為是上天的懲罰，心裏害怕，決定再也不亂殺和尚了。

12 一個官員報告說：「昨晚巡邏時繳獲了一匹白馬和一個大木箱，不知該如何處置。」國王命令士兵把箱子抬上來。

13 箱子剛被抬到大殿上放穩，唐僧師徒就從裏面走了出來。

14 國王問：「你們是什麼人？」唐僧說：「我們是從大唐來的和尚，聽說國王要殺僧人，只好打扮成這個樣子。」

15 國王很敬重唐僧，尊他為國師，還聽從他的建議，將滅法國改名為欽法國。師徒拿到倒換好的關文後，繼續上路。

第三十七回
智擒豹子精

師徒四人行至一座煙霧彌漫的高山前。

1 悟空跳上雲端，看見山溝裏有一羣妖怪，為首的老妖正張着嘴「咕嘟嘟」地往外吐煙。

2 悟空回到地面，騙八戒說：「前面有人家在蒸大饅頭呢，鍋裏的蒸汽變成了霧氣。」八戒一聽有吃的，趕緊跑過去。

3 小妖見了八戒，要抓他回去蒸熟來吃。八戒拿起釘耙一陣亂打。

4 八戒打敗妖怪，氣呼呼地跑回來。悟空、唐僧和沙僧三人見了，樂得哈哈大笑。

5 小妖回到妖洞裏報告情況。老妖聽了，認定是唐僧師徒來了。

6 老妖想吃唐僧肉，就讓三個小妖變成他的模樣，引開了悟空師兄弟三人。

7 悟空他們剛離開，老妖就從半空中伸出爪子，將唐僧抓走了。

8 悟空和八戒發現上當後，找到妖洞放聲大罵。老妖就讓小妖扔出唐僧的腦袋，說唐僧已經被他們吃了。

9 悟空看出人頭是假的，一棒子打過去，人頭馬上變成了兩截樹幹。

10 老妖見悟空不上當，就扔出一個骷髏頭。這次連悟空也當真了，師兄弟三人嚎啕大哭起來。

11 為給師父報仇，悟空打破妖洞的大門，和老妖打了起來。

12 老妖打不過悟空，就躲進洞裏，並把洞口堵死了。悟空鑽進洞旁的小溪，找到了進入妖洞的路。

13 悟空進到洞裏，發現師父沒死，高興極了，趕緊替他鬆綁。

14 悟空變出瞌睡蟲，讓妖怪們都睡着了。他趁機把師父救出去。

15 此時，八戒和沙僧還在為師父的死難過！他們見師兄帶着師父回來，立刻破涕為笑。

16 安置好師父後，悟空又回到洞中和老妖大戰起來。

17 老妖打不過悟空，被悟空綁住帶到唐僧面前。

18 八戒上前一耙打下去，老妖立刻現出原形。原來，這妖怪是艾葉花皮豹子精。

19 八戒來到妖洞，燃起大火，把裏面的小妖全燒死了。唐僧師徒又逃過一劫。

第三十八回
公主選駙馬

唐僧師徒繼續西行，很快到了布金禪寺。

1 布金禪寺距離西天的大雷音寺只有兩千里路，很快就可以取到真經了，師徒四人都顯得很輕鬆。

2 悟空陪同師父與寺裏的老和尚談經論佛。忽然，花園裏傳來一陣女子的哭聲。長老說：「那是天竺國的公主在哭。」

3 一年前，公主被大風颳到這裏。長老不知她身分真假，又怕有人要害她，就把她鎖在後園。公主常因思念親人而傷心哭泣。

4 第二天，唐僧師徒離開布金禪寺，來到了天竺城。城裏到處張燈結綵，行人擠在一起看公主拋繡球招親。

5 悟空要看看這公主和寺裏的公主誰真誰假，就拉着唐僧擠入人羣，誰知繡球正好打中了唐僧。

6 一羣宮女笑着走過來對唐僧說：「恭喜貴人。」說完，就簇擁着唐僧往王宮走去。

7 公主見到唐僧，心裏十分喜歡。原來這公主是假的，她早知唐僧今日要來，就搭樓招親，故意把繡球拋給他。

8 國王見女兒領了個和尚回來，心裏很不高興。公主說：「這是天意，父王不能失信於民。」國王想了想，就同意了。

9 悟空去拜見國王，見師父站在國王的旁邊，卻不見公主。國王說：「公主害怕你們的樣子，所以不敢出來。」

10 悟空懷疑公主是假的，心生一計。他假意答應讓師父留下來成親，然後請求國王倒換關文，好讓他和師弟西去取經。

11 唐僧見徒弟們不理自己，心中疑惑，但見大殿人多，不便多問，只能眼睜睜看着悟空他們離開。

第三十九回
悟空擒玉兔

其實，悟空並沒有離開天竺國。

1 悟空變成小蜜蜂飛到唐僧耳邊輕聲說：「師父，別發愁，我來了。」唐僧這才放下心來。

2 此時，宮女們簇擁着公主過來舉行婚禮。悟空見公主頭上有妖氣，便告訴師父公主是假的。

3 悟空變出原形，掄起金剛棒朝假公主打去。假公主變身逃跑了，只留下一襲禮服。

4　悟空在御花園追到了妖精。那妖精使一根一頭粗一頭細的短棍，滿天亂舞。悟空也變出滿天金剛棒，困住妖精。

5　妖精慌忙逃進一個山洞，並用石頭堵住洞口。悟空趕過去，撬開洞口的大石頭，把妖精逼了出來。

6　幾個回合下來，妖精就招架不住了。悟空正要一棒子打死妖精，嫦娥仙子駕雲而來。

7　嫦娥說：「大聖手下留情！她本是月宮的玉兔，偷偷下凡，雖做了壞事，但未傷人命，請大聖饒牠一命。」悟空同意了。

185

9 悟空回到宮裏,告訴國王真公主在布金禪寺。國王和王后聽了,急忙出發去接女兒。

10 公主一家久別重逢,抱頭痛哭起來。唐僧師徒也替他們高興。相互拜別後,師徒四人又上路了。

8 那妖精見到主人就現出原形,變成一隻潔白的小兔子。嫦娥抱着玉兔,飛回月宮去了。

第四十回
靈山取真經

做了好事，心情舒暢，趕路更快了。

1 唐僧師徒千辛萬苦，歷時十四年，終於來到了西天極樂世界。佛祖派金頂大仙前來迎接。

2 唐僧換好袈裟，拿着錫杖，和三個徒弟到了大雄寶殿。師徒跪拜佛祖，奉上通關文牒。唐僧說：「弟子玄奘，奉東土大唐皇帝旨意，拜求真經。望我佛垂恩，早賜歸國。」

3 佛祖點頭微笑，命迦葉、阿儺兩位尊者領唐僧去寶閣取經。

4 到了寶閣，二位尊者向唐僧討要禮物。悟空一聽，大喊要去告訴如來，唐僧趕緊攔住了他。

5 唐僧說：「弟子遠道而來，沒有準備禮物。」最後他拿出唐朝皇帝御賜的紫金缽送給了尊者。尊者這才眉開眼笑。

6 尊者得了好處便把經書拿給了唐僧師徒。師徒四人接過經書，整整齊齊地放好。

7 等到唐僧師徒整理好經書，如來便吩咐八大金剛駕雲護送他們回東土大唐。

8 佛家講究九九歸真，唐僧師徒歷經八十難，還差一難，才算歷盡磨難。於是佛祖下旨，讓觀音再造一難。

9 臨近通天河，觀音讓八大金剛使唐僧和經書從半空墜落。悟空三人騰雲駕霧，趕緊上前拯救師父。

10 師徒四人掉到了通天河邊。一隻烏龜游了過來：「聖僧，過來！」唐僧師徒一看，原來是當年背他們過河的老烏龜。

11 老烏龜再次背唐僧師徒過河。臨近岸邊，牠問唐僧：「當年我託你問佛祖，什麼時候我能變成人身，你問了嗎？」

12 唐僧不敢欺騙牠，便沉默不語。老烏龜猜到唐僧沒有問，非常生氣，猛地往下沉，讓師徒四人和行李都掉進水裏。

13 師徒四人爬上岸。經書已經濕透，四人只好在岸邊把書一一打開來曬乾。

14 唐僧師徒的最後一劫已經過去，佛祖便命八大金剛將他們接回靈山，一一封為真神。

15 唐僧被封為旃檀功德佛，悟空被封為鬥戰勝佛，八戒為淨壇使者，沙僧為金身羅漢，白龍馬為八部天龍馬。

16 悟空問師父：「我什麼時候可以摘掉金箍？」師父說：「你已經成佛，那金箍自然不見了。」悟空一摸，金箍果然沒了。

17 唐僧不忘當初與唐朝皇帝的約定，發誓要和徒弟帶着經書回東土大唐普度眾生。於是，他們的新旅途又開始了！

孩子愛讀的漫畫四大名著

西遊記

原　　著：吳承恩
改　　編：幼獅文化
責任編輯：陳奕祺
美術設計：張思婷
出　　版：園丁文化
　　　　　香港英皇道 499 號北角工業大廈 18 樓
　　　　　電話：(852) 2138 7998
　　　　　傳真：(852) 2597 4003
　　　　　電郵：info@dreamupbooks.com.hk
發　　行：香港聯合書刊物流有限公司
　　　　　香港荃灣德士古道 220-248 號荃灣工業中心 16 樓
　　　　　電話：(852) 2150 2100
　　　　　傳真：(852) 2407 3062
　　　　　電郵：info@suplogistics.com.hk
印　　刷：中華商務彩色印刷有限公司
　　　　　香港新界大埔汀麗路 36 號
版　　次：二〇二二年六月初版
　　　　　二〇二四年六月第四次印刷
版權所有‧不准翻印

本書香港繁體版版權由幼獅文化（中國廣州）授予，版權所有，翻印必究。

ISBN: 978-988-76250-6-3
Traditional Chinese Edition © 2022 Dream Up Books
18/F, North Point Industrial Building, 499 King's Road, Hong Kong
Published in Hong Kong SAR, China
Printed in China